Das magische Baumhaus

Band 59

Rettungsmission im Naturpark

Alle **Baumhaus-Bände** auf einen Blick:

Bd. 1: Im Tal der Dinosaurier
Bd. 2: Der geheimnisvolle Ritter
Bd. 3: Das Geheimnis der Mumie
Bd. 4: Der Schatz der Piraten
Bd. 5: Im Land der Samurai
Bd. 6: Gefahr am Amazonas
Bd. 7: Im Reich der Mammuts
Bd. 8: Abenteuer auf dem Mond
Bd. 9: Der Ruf der Delfine
Bd. 10: Das Rätsel der Geisterstadt
Bd. 11: Im Tal der Löwen
Bd. 12: Auf den Spuren der Eisbären
Bd. 13: Im Schatten des Vulkans
Bd. 14: Im Land der Drachen
Bd. 15: Insel der Wikinger
Bd. 16: Auf der Fährte der Indianer
Bd. 17: Im Reich des Tigers
Bd. 18: Rettung in der Wildnis
Bd. 19: Abenteuer in Olympia
Bd. 20: Im Auge des Wirbelsturms
Bd. 21: Gefahr in der Feuerstadt
Bd. 22: Verschollen auf hoher See
Bd. 23: Das Geheimnis des alten Theaters
Bd. 24: Den Gorillas auf der Spur
Bd. 25: Im Land der ersten Siedler
Bd. 26: Abenteuer in der Südsee
Bd. 27: Im Auftrag des Roten Ritters
Bd. 28: Das verzauberte Spukschloss
Bd. 29: Das mächtige Zauberschwert
Bd. 30: Im Bann des Eiszauberers
Bd. 31: Sturmflut vor Venedig
Bd. 32: Der gestohlene Wüstenschatz
Bd. 33: Geheimauftrag in Paris
Bd. 34: Das verwunschene Einhorn
Bd. 35: Angriff des Wolkendrachen
Bd. 36: Der geheime Flug des Leonardo
Bd. 37: Das Ungeheuer vom Meeresgrund
Bd. 38: Das verborgene Reich der Pinguine
Bd. 39: Die geheime Macht der Zauberflöte
Bd. 40: Piratenspuk am Mississippi
Bd. 41: Gefangen im Elfenwald
Bd. 42: Geister in der Nebelnacht
Bd. 43: Das Gift der Königskobra
Bd. 44: Lawinenhunde im Schneesturm
Bd. 45: Die Feder der Macht
Bd. 46: Pandas in großer Gefahr
Bd. 47: Im Bann des schwarzen Hengstes
Bd. 48: Das Geheimnis des Zauberkünstlers
Bd. 49: Abenteuer im Tal der Könige
Bd. 50: Das beste Fußballspiel aller Zeiten
Bd. 51: Der König der Mayas
Bd. 52: Wettlauf der Schlittenhunde
Bd. 53: Das Tor zur Dracheninsel
Bd. 54: Das große Spiel
Bd. 55: Helden im Hurrikan
Bd. 56: Der römische Spion
Bd. 57: Narwal in großer Gefahr
Bd. 58: Das verborgene Reich der Inka
Bd. 59: Rettungsmission im Naturpark

Das magische Baumhaus

Mary Pope Osborne

Rettungsmission im Naturpark

Aus dem Amerikanischen
übersetzt von Sabine Rahn
Illustriert von Petra Theissen

Band 59

Loewe

Für Michael Lipson

FSC
www.fsc.org
MIX
Papier aus verantwortungsvollen Quellen
FSC® C014496

ISBN 978-3-7432-1216-9
1. Auflage 2021
erschienen unter dem Originaltitel *Camp Time in California*

Erschienen in der Original-Serie Magic Tree House™
Magic Tree House™ ist eine Trademark von Mary Pope Osborne,
die der Originalverlag in Lizenz verwendet.
Veröffentlicht mit Genehmigung des Originalverlags,
Random House Children's Books, a division of Random House, LLC.

Aus dem Amerikanischen übersetzt von Sabine Rahn
Umschlagillustration: Jutta Knipping
Innenillustrationen: Petra Theissen
Umschlaggestaltung: Ramona Karl
Printed in the EU

www.dasmagischebaumhaus.de
www.loewe-verlag.de

Inhalt

Wie alles anfing

Eines sonnigen Tages tauchte ein geheimnisvolles Baumhaus im Wald von Pepper Hill in Pennsylvania auf. Es war voller Bücher. Ein Junge namens Philipp entdeckte das Baumhaus zusammen mit seiner Schwester Anne. Sie fanden schnell heraus, dass Zauberkräfte darin schlummerten und dass sie damit nicht nur an jeden Ort in der Welt, sondern auch kreuz und quer durch die Zeit reisen konnten. Sie mussten nur auf ein Bild in einem der Bücher deuten. Während sie mit dem Baumhaus unterwegs waren, blieb die Zeit in Pepper Hill für sie stehen.

Irgendwann erfuhren Philipp und Anne, dass das Baumhaus der Zauberin Morgan gehörte. Sie war Bibliothekarin am Hof von Camelot, im sagenhaften Königreich des berühmten Königs Artus.

Mittlerweile haben Anne und Philipp schon viele abenteuerliche Reisen mit dem magischen Baumhaus unternommen und im Auftrag von Morgan zahllose aufregende Abenteuer bestanden.

Jetzt schickt Morgan die Geschwister auf weitere Reisen, auf denen sie jeweils ein anderes Lebewesen aus dem geheimnisvollen Bereich der Natur retten müssen …

Kalifornien

Eines Abends im Sommer lag Philipp nach dem Abendessen im Wohnzimmer und las ein Buch.

„Was machst du gerade?“, fragte Anne, die die Treppe herunterkam.

„Ich lese ein Buch über Lamas und den Gebirgszug der Anden“, antwortete Philipp.

„Steht was Gutes drin?“, wollte Anne von ihm wissen.

„Gutes und Schlechtes“, erwiderte ihr Bruder. „Durch die Abholzung werden viele der Bergwälder zerstört.“

„Was soll denn ‚Abholzung‘ bedeuten?“, fragte Anne nach.

„Dass Bäume zur Holzgewinnung gefällt werden“, erklärte Philipp. „An vielen Orten ist das verboten, weil es für die Wildtiere eine Katastrophe ist.“ Der Abendwind blies ins Haus. „Machst du bitte die Haustür zu?“

„Na klar!“ Anne ging zur Tür, doch anstatt sie zu schließen, starrte sie hinaus in die Dämmerung.

„Machst du bitte zu?“, bat Philipp noch mal.

„Wahnsinn!“, flüsterte Anne.

„Was ist Wahnsinn?“, fragte Philipp und sah von seinem Buch auf.

Anne wandte sich zu ihrem Bruder um. „Das Baumhaus ruft. Es sagt: Kommt zu mir, kommt!“

„Das denkst du dir jetzt aus“, sagte Philipp.

„Ein bisschen“, gab Anne zu. „Es hat natürlich nicht gesprochen, aber ich spüre ganz genau, dass es da draußen ist!“

„Echt?“, fragte Philipp. In Bezug auf das magische Baumhaus hatte Anne mit ihrem Gefühl immer recht.

„Wir könnten nachschauen gehen“, schlug Anne vor. „Dauert zehn Minuten.“

„Vierzehn“, korrigierte Philipp sie und stand auf. „Man braucht sieben Minuten, um hinzulaufen, und sieben Minuten für den Rückweg.“

„Verstanden!“, sagte Anne und rief: „Mama, Papa! Können Philipp und ich noch mal für vierzehn Minuten raus, bevor es dunkel wird?“

„Vierzehn Minuten“, rief ihr Vater zurück. „Nicht länger!“

„Los, komm!“, drängte Philipp.

Die Geschwister zogen ihre Kapuzenpullis an und schlüpften zur Haustür hinaus.

„Stopp! Warte!“, rief Philipp und blieb stehen. „Ich habe meinen Rucksack vergessen!“

„Lass ihn da!“, sagte Anne und zog ihren Bruder weiter. „Wir haben schließlich nur vierzehn Minuten.“

Philipp seufzte und ging weiter.

Im dämmrigen Licht rannten die beiden den Bürgersteig entlang. Die ersten Sterne standen am Nachthimmel. Ab und zu fuhr ein Auto an ihnen vorüber und einige Hunde bellten in den Gärten.

Die Geschwister erreichten den Wald von Pepper Hill. Sie liefen unter den vertrauten Bäumen entlang zur höchsten Eiche.

Gegen den dämmrigen Himmel erkannte Philipp das Baumhaus.

„Gut gemacht!", rief er seiner Schwester zu.

Er schnappte sich die Strickleiter und kletterte nach oben. Anne folgte ihm.

Oben im Baumhaus schauten die Geschwister sich um. Im schwindenden Licht sahen sie zwei Bücher auf dem Fußboden liegen. Neben jedem Buch lag ein Stift.

„Zwei Bücher!", stellte Philipp erstaunt fest.

Normalerweise gab Morgan ihnen doch immer nur ein Buch zum Nachschlagen mit auf ihre Reisen.

Die beiden Kinder nahmen je eines der Bücher in die Hand und lasen das einzige Wort, das auf dem Einband stand:

YOSEMITE

„Josemiete“, las Anne laut vor.

Philipp lachte. „Nein, das spricht man Jussemmitie aus!“, verbesserte er seine Schwester.

„Und was soll das sein?“, fragte Anne.

„Ich habe das schon mal gehört“, sagte Philipp. „Ich bin mir ziemlich sicher, dass das ein besonderer Naturort in Kalifornien ist.“

„Kalifornien?“, wiederholte Anne. „Ich würde schrecklich gerne mal wieder nach Kalifornien reisen!“

„Ich auch!“, sagte Philipp.

Er schlug sein Buch auf. Die erste Seite war leer. Die zweite und dritte Seite waren ebenfalls unbeschrieben. Er blätterte durch das ganze Buch. „Was soll das denn?“, wunderte er sich. „Mein Buch ist total leer.“

„Meins auch!“, bestätigte Anne.

Als sie ihr Buch hochhielt, fiel ein Stückchen Papier heraus.

„Oh! Eine Nachricht von Morgan!“

Anne faltete den Zettel auseinander und las laut vor:

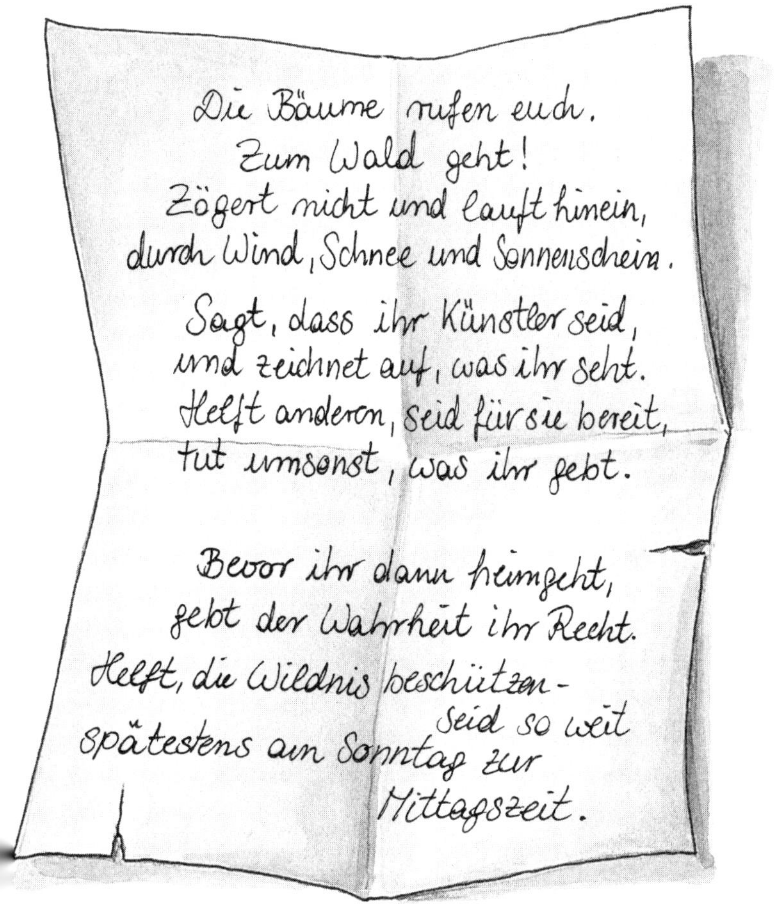
Die Bäume rufen euch.
Zum Wald geht!
Zögert nicht und lauft hinein,
durch Wind, Schnee und Sonnenschein.
Sagt, dass ihr Künstler seid,
und zeichnet auf, was ihr seht.
Helft anderen, seid für sie bereit,
tut umsonst, was ihr gebt.

Bevor ihr dann heimgeht,
gebt der Wahrheit ihr Recht.
Helft, die Wildnis beschützen -
seid so weit
spätestens am Sonntag zur
Mittagszeit.

Sie schaute Philipp an: „Das klingt super!“, meinte sie. „Komm, wir gehen los!“

„Warte, lies die letzten beiden Zeilen noch mal vor!“, bat Philipp.

Anne las:

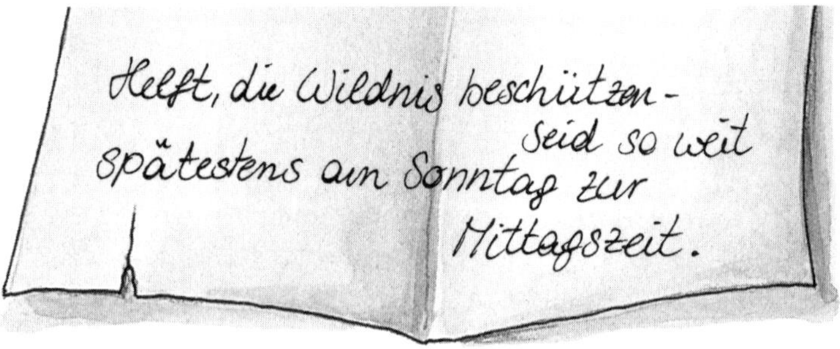

„Was soll das denn bedeuten?“, fragte Philipp. Die Wildnis beschützen helfen – wie soll das denn überhaupt gehen?“

Anne runzelte die Stirn. „Hmm. Lass uns später darüber nachdenken, wenn wir mehr wissen“, schlug sie vor. „Ich kann es kaum erwarten, in mein Buch zu zeichnen! Das klingt doch, als ob es richtig Spaß machen würde, oder?“

„Hm“, machte Philipp. „Aber ich kann doch gar nicht zeichnen!“

„Ich bin auch keine großartige Künstlerin“, gab Anne zu, „mir macht Zeichnen aber trotzdem Spaß.“

„Okay, lass uns loslegen!“, sagte Philipp.

Er war ganz gespannt darauf, einen anderen Teil von Kalifornien kennenzulernen. Seit dem Erdbeben in San Francisco im Jahr 1906 waren sie nicht mehr dort gewesen. „Ich zeige jetzt auf Yosemite, mal sehen, ob das klappt.“

Philipp zeigte auf das Wort auf dem Umschlag seines Skizzenbuches. „Ich wünschte, wir wären dort!“, sagte er.

Wind kam auf.

Das Baumhaus fing an, sich zu drehen.

Es drehte sich schneller und immer schneller.

Dann war alles wieder still.

Totenstill.

Im Land der Riesen

„Hmmm! Das riecht aber gut!“, fand Anne.

Philipp atmete den Geruch des Waldes tief ein. Es roch nach feuchter Erde, grünen Blättern und Baumrinde.

„Es ist zu dunkel, um irgendetwas zu erkennen“, meinte Anne, „aber ich merke, dass ich jetzt andere Kleider anhabe!“

Philipp betastete seine Kleidung. „Ich auch!“, stellte er fest. „Es fühlt sich an, als ob ich eine dicke Jacke anhätte, lange Hosen und …“, er beugte sich runter zu seinen Füßen, „… Lederstiefel.“

„Ich glaube, das Gleiche habe ich auch an“, stimmte Anne ihm zu. „Und meine Jacke hat riesige Taschen. Die sind so groß, dass ich mein Skizzenbuch und meinen Stift prima darin unterbringen kann.“

„Super, ich auch!“, stellte Philipp fest und steckte sein Buch und den Stift in eine seiner

Jackentaschen. Die Nachricht von Morgan steckte er ebenfalls ein.

„Und wo sind wir?“, fragte Anne. „Kann man irgendetwas erkennen?“

Die Geschwister sahen aus dem Fenster. Die Zweige über dem Baumhaus waren dicht und voller dunkler Blätter, aber zwischendrin konnte Philipp einen blassen grauen Himmel erkennen.

„Ist das Morgengrauen?“, fragte Anne.

„Oder Abenddämmerung?“, meinte Philipp.

„Schwer zu sagen!“, fand Anne. „Aber das werden wir ja bald herausfinden. Klettern wir hinunter!“

„Okay, aber mach langsam!“, mahnte Philipp.

„Du auch!“, gab Anne zurück.

Sie tastete sich zur Öffnung im Boden und kletterte an der Strickleiter nach unten.

Philipp war dicht hinter ihr. Ein sanfter Wind blies durch die Zweige, sodass die Blätter raschelten und rauschten.

„Halte dich gut fest!“, rief Philipp.

„Du dich auch“, erwiderte Anne.

Im Dunkeln hielt Philipp sich gut an beiden Seiten der Leiter fest und tastete sich mit Händen und Füßen vorsichtig nach unten ... tiefer und tiefer, Schritt für Schritt.

Der Wind blies mal heftiger, mal sanfter und das Rascheln und Rauschen wurde lauter und wieder leiser.

„Diese Strickleiter ist diesmal echt irre lang!“, rief Anne.

„Ja!“, rief Philipp zurück. „Weil der Baum so irre hoch ist!“

„Hab keine Angst“, beruhigte Anne ihn.

„Ich habe doch gar keine Angst!“, behauptete Philipp. Aber eigentlich hatte er tatsächlich ein wenig Angst: „Kann ein Baum denn wirklich so hoch sein?“, dachte er und fand das Rascheln der Blätter allmählich unheimlich.

Auf einmal erklang das hohe Zwitschern eines Vogels, kurz darauf zwitscherte noch einer und schließlich noch einer.

Es war die Morgendämmerung!

„Jap!“, flüsterte Philipp.

„Es wird heller“, bemerkte Anne. „Und wir sind schon fast unten!“

Philipp schaute hinunter. Tatsächlich, es waren höchstens noch sechs Meter bis zum Boden.

Die Geschwister kletterten weiter, erreichten schließlich den Fuß des Baumes und betraten festen Boden.

„Hey, wir haben ja wirklich die gleichen Sachen an!“, stellte Anne fest.

„Stimmt!“, bestätigte Philipp.

Im noch immer dämmrigen Licht erkannte er, dass ihre Kleidung sich durch Zauberei verändert hatte: Sie trugen jetzt Jacken aus grobem Leinen, dicke Stoffhosen und Schnürstiefel aus Leder.

Philipp schaute nach oben und erblickte ein Stückchen rosafarbenen Himmel über den Baumwipfeln.

„Wahnsinn!“, sagte er. „Ich glaube, das ist der höchste Baum auf der ganzen Welt. So hoch wie ein Hochhaus mit zwanzig Stockwerken. Schau dir nur den Stamm an!“

„Wunderschön!“, fand Anne und lief los, um den dicken rotbraunen Stamm zu umrunden.

„Ich wette, da könnten sich locker dreißig Kinder um den Stamm herumstellen“, meinte sie, als sie wieder neben ihrem Bruder stand.

„Eher fünfzig“, widersprach Philipp. „Hier sieht jeder Baum so groß aus!“

In der kühlen Morgenluft sahen alle Bäume so hoch aus wie riesige Hochhäuser.

„Sind wir hier im Land der Riesen?“, fragte Anne atemlos. „Oder sind wir am Ende geschrumpft?“

Philipp lachte. „Nur die Bäume sind riesig. Schau nur, die Eichhörnchen sind normalgroß.“

Er zeigte auf ein Eichhörnchen, das über den Waldboden lief.

„Stimmt“, sagte Anne und blickte sich um. „Ist das die Wildnis, die wir retten sollen?“

„Das kann ich mir nicht vorstellen ...“, meinte Philipp.

Die riesigen Bäume sahen sehr gesund und stark aus.

„Dann gibt es hier in der Nähe vielleicht noch eine andere Wildnis?“, vermutete Anne.

„Das klingt irgendwie auch nicht richtig“, widersprach Philipp.

„Na ja, das können wir ja auch später noch klären“, sagte Anne. „Ich kann es jedenfalls kaum erwarten, endlich mit dem Zeichnen anzufangen.“

Sie zog ihren Stift und das Skizzenbuch aus der Tasche.

„Echt jetzt“, sagte Philipp, „ich kann wirklich nicht zeichnen.“

„Versuch es doch einfach mal“, ermutigte Anne ihn. „Ich werde jetzt jedenfalls diesen Schmetterling hier zeichnen.“ Sie zeigte auf einen zarten weißen Schmetterling, der auf einem Blatt saß. „Du kannst ja das Eichhörnchen malen.“

Das kleine Eichhörnchen knabberte jetzt an einem Zapfen.

„Nee, das ist nicht besonders genug“, wandte Philipp ein.

„Nur zum Üben“, meinte Anne und schlich sich näher an den Schmetterling heran.

Philipp schlug sein Buch auf und setzte die Spitze seines Stiftes auf eine leere Seite, um das Eichhörnchen zu zeichnen.

Auf einmal bekam Philipps Stift ein Eigenleben. Ehe Philipp Zeit hatte, nachzudenken, war der Kopf des Eichhörnchens fertig und er fügte die schwarzen Augen und die kleinen Ohren hinzu.

„Irre!“, flüsterte Philipp.

„Wahnsinn!“, rief Anne, die den Schmetterling zeichnete. „Unsere Stifte sind magisch!“

„Genau!“, antwortete Philipp, während er den Körper des Eichhörnchens zeichnete: die langen Hinterbeine und die kurzen Vorderbeine mit den kleinen Pfoten, die den Zapfen hielten. Er schraffierte das Fell des Tieres am Bauch, am Rücken und am buschigen Schwanz.

Dann war er fertig.

Philipp lächelte das echte Eichhörnchen an. Er hatte das Gefühl, als ob er das Tier jetzt richtig gut kennen würde. Und er fand es jetzt auf einmal doch sehr besonders.

„Sieh nur!“, rief Anne und hielt ihre Skizze in die Höhe. „Ein perfekter Schmetterling!“

„Ein perfektes Eichhörnchen!“, erwiderte Philipp und zeigte seiner Schwester seine Zeichnung.

„Wir sind Künstler!“, rief Anne.

Grizzlybär!

„Nicht zu fassen!“, rief Philipp und lachte. „Das ist ja so cool!“

„Echt, oder? Am liebsten würde ich alles zeichnen!“, erwiderte Anne. „Ich male diesen kleinen Vogel!“

Sie deutete auf einen kleinen roten Vogel, der auf einem niedrigen Ast saß. Sie blätterte zu einer neuen Seite in ihrem Buch und fing sofort an.

„Und ich?“, überlegte Philipp und sah sich eifrig um. Ein großer Pilz fiel ihm ins Auge. Er setzte seinen magischen Stift an und begann zu zeichnen.

Philipp zeichnete zuerst die geschwungenen Umrisse des Pilzes, dann bewegte sich sein Stift rasch hin und her und skizzierte die gefächerte Unterseite des Pilzes.

Philipp hielt sein Werk hoch. „Ein perfekter Pilz!“, rief er.

„Ein perfekter Vogel", erwiderte Anne. „Oh. Psst! Da kommt ein Reh!"

Ganz in der Nähe knabberte ein Rehbock mit Geweih an den Blättern eines Busches.

„Das zeichne ich", flüsterte Anne und schlich sich auf Zehenspitzen näher.

Philipp betrachtete die riesigen Bäume um sich herum und begann, einen der enormen Stämme zu zeichnen. Er malte die tiefen Rillen in die rostrote Rinde und schattierte die Furchen.

Während Philipp zeichnete, fuhr ein Windstoß in die Zweige. Philipp schaute nach oben.

Millionen Blätter schienen ihm zuzuwinken. Er beobachtete sie ehrfurchtsvoll.

„Hallo, du!“, flüsterte er.

Dann musste er grinsen. Hatte er gerade mit einem Baum gesprochen? Er schüttelte den Kopf und schaute sich nach seiner Schwester um.

Wo war sie nur?

Sowohl Anne als auch der Rehbock waren verschwunden.

Philipp ging tiefer in den Wald hinein.

„Anne!“, rief er.

Er umrundete einen der riesigen Baumstämme, dann noch einen, bis er Anne gefunden hatte. Sie stand im nebelverhangenen Licht zwischen ein paar Bäumen.

„Hallo!“, sagte Philipp.

Anne wandte sich um und legte einen Finger auf die Lippen.

Philipp trat leise neben sie und Anne zeigte auf eine Höhle in einem der riesigen Bäume.

„Irre!“, flüsterte Philipp und machte unwillkürlich einen Schritt rückwärts.

In der Höhle schlief ein riesiger Bär. Er hatte zotteliges braunes Fell und lange, scharfe Klauen.

„Ist der nicht süß?“, flüsterte Anne.

„Süß?“, flüsterte Philipp zurück. „Das ist ein Grizzlybär!“

„Oh. Na gut. Aber er schläft ja fest“, wisperte Anne. „Ich will ihn zeichnen!“

„Bist du verrückt?“, fragte Philipp. „Grizzlys greifen Menschen an. Ihr Gebiss ist so stark, dass sie eine Bowlingkugel durchbeißen können!“

„Ist nicht wahr!“, sagte Anne.

„Das habe ich gelesen!“, versicherte Philipp.

Der Grizzly bewegte sich und schlug die Augen auf. Er sah Anne und Philipp direkt an.

„Ups“, sagte Anne.

Der Grizzly schnaufte und kam aus seiner Höhle. Er stellte sich auf die Hinterbeine und sah aus, als sei er weit über zwei Meter groß.

„Und ich habe gelesen, wenn ... wenn man einem Bären begegnet, soll man ganz ruhig bleiben“, flüsterte Philipp. „Man soll freundlich sein und mit den Armen schlenkern.“

Anne schlenkerte mit ihren Armen.

„Hallöchen!“, sagte sie.

„Oh Mann!“, dachte Philipp.

Der Bär blieb stehen und starrte sie an.

„Wie geht's denn so?", fragte Anne freundlich.

Der Bär ließ sich wieder auf alle viere fallen. Er hatte den Kopf gesenkt und die Ohren angelegt. Dann brüllte er.

„Schlechtes Zeichen!", sagte Philipp.

Er packte Anne am Arm und zog sie weiter weg.

„Sollen wir rennen?", fragte sie.

„Nein. Bären rennen so schnell wie ein Pferd", erwiderte Philipp.

Der Bär ließ ein tiefes, leises Grollen hören.

„Lauf!", rief Philipp.

Die beiden rannten durch den grünen Wald, sausten um die riesigen Baumstämme, über Rindenstücke und herabgefallene Blätter, über Zapfen und Setzlinge, über Pflanzen, Äste und Steine. Sie rannten, bis sie einen schmalen Pfad erreichten.

„Warte mal!", bat Anne schnaufend. Sie packte Philipp und hielt ihn zurück. „Verfolgt er uns immer noch?"

Schwer atmend sahen die beiden sich um.

Der Grizzly war nicht zu sehen.

„Wo ist er?“, fragte Philipp.

„Vielleicht hat er uns ja gar nicht verfolgt“, vermutete Anne.

„Oder er versteckt sich irgendwo“, meinte Philipp.

„Hör mal, was ist das?“, fragte Anne.

Philipp hörte ein schweres Stampfen.

„Schnell weiter!“, drängte er.

„Nein, warte mal“, widersprach Anne. „Das hört sich an wie Pferde.“

Einen Augenblick später tauchten auf dem Pfad vier Männer mit Pferden auf. Sie ritten hintereinander auf Anne und Philipp zu.

Der erste Reiter war ein sehr merkwürdig aussehender Cowboy. Er trug einen Cowboyhut und ein Halstuch. Seine pludrigen Hosen steckten in hohen Reitstiefeln. Er hatte einen dichten Schnurrbart und eine runde Brille.

Der zweite Reiter war hochgewachsen und dünn. Er hatte einen zotteligen weißen Bart, trug einen schäbigen Mantel und einen Hut.

Die anderen beiden Männer trugen blaue Latzhosen. Hinter ihnen liefen zwei Maultiere mit Gepäck und ohne Reiter.

Als die Gruppe näher kam, hob der Cowboy seine Hand. Die Reiter und Maultiere hinter ihm blieben geräuschvoll stehen.

„Seid gegrüßt, meine Freunde“, rief ihnen der Cowboy zu.

Gratuliere!

„Seid gegrüßt“, antwortete Anne.

„Hat die Zeitung euch Kinder geschickt, um uns auszuspionieren?“, fragte der Cowboy grinsend.

„Wovon redet der Mann?“, dachte Philipp.

„Nein“, antwortete Anne. „Mein Bruder und ich sind vor einem Bären davongelaufen.“

„Einem Grizzlybären!“, ergänzte Philipp.

„Also hör mal, mein Junge, uns kannst du nicht auf den Arm nehmen!“, sagte der Cowboy. „Im Yosemite-Tal gibt es zurzeit keine Grizzlys. Der letzte wurde vor acht Jahren gesehen. Stimmt’s, John?“ Er schaute den älteren Mann mit Bart an.

„So ist es, Sir“, bestätigte John. Seine blauen Augen funkelten und er lächelte Philipp und Anne zu. „Ihr habt wahrscheinlich einen Schwarzbären gesehen. Die tun euch nichts, solange ihr sie in Ruhe lasst. Sie ernähren sich vorwiegend von Pflanzen, Wurzeln und Beeren.“

„Der Bär sah aber aus wie ein Grizzly“, beharrte Philipp. „Er hatte zotteliges braunes Fell und echt lange Klauen!“

„Tut mir leid, Junge“, sagte der Cowboy. „Aber du kannst meinem Freund ruhig glauben – wir nennen ihn auch John aus den Bergen. Keiner kennt dieses wilde Land hier so gut wie er. Seit dreißig Jahren studiert er die Tiere, Bäume und Berge im Yosemite-Tal.“

„Wie cool!“, sagte Anne. „Wir studieren das auch alles. Und zeichnen Bilder davon!“

„Wie schön, junge Dame!“, sagte der Cowboy. „Aber wir müssen jetzt weiter. Wenn ihr euch vor Bären fürchtet, befolgt meinen Rat: Geht leise und nehmt euch einen Stock.“

Der Cowboy lachte herzlich über seinen eigenen Witz. Die anderen Reiter lachten ebenfalls.

„Warten Sie“, bat Anne. „Möchten Sie sich vielleicht mal unsere Zeichnungen anschauen?“

„Äh ... Lass mal, Anne“, sagte Philipp, der sah, dass die Reiter weiterwollten.

Aber Anne zog ihr Skizzenbuch hervor und hielt es dem Cowboy hin. „Schauen Sie!“, bat sie ihn.

Der Cowboy nahm das Buch, schlug es auf und betrachtete ihre Zeichnung von dem Schmetterling. „Das hast du gezeichnet?“, fragte er.

„Ja“, antwortete Anne. „Wir sind Künstler.“

„Nun, gratuliere!“, sagte der Cowboy.

„Warten Sie, bis Sie die Zeichnungen meines Bruders sehen!“, sagte Anne. „Zeig sie ihm, Philipp!“

Schüchtern reichte Philipp dem Cowboy sein Skizzenbuch.

„Ausgezeichnet!“, rief der Mann und starrte auf Philipps Zeichnung von dem Eichhörnchen. „Hier, John. Schauen Sie sich das an!“

Der Cowboy reichte beide Bücher weiter an John aus den Bergen.

Der ältere Mann betrachtete die Bilder von dem Schmetterling und dem Eichhörnchen und lächelte breit. „Himmel! Ihr beide seid ja wirklich Künstler!“, lobte er. „Wie heißt ihr zwei?“

„Philipp und Anne“, sagte Anne.

„Nun, Philipp und Anne, ihr habt diesen seltenen Gebirgsschmetterling und das Douglas-Hörnchen sehr gut getroffen“, lobte John. „Wusstet ihr, dass das Douglas-Hörnchen der gute Geist der Mammutbäume ist? Wenn es einen Zapfen dieser riesigen Bäume frisst, verteilt es die Samen. Und aus diesen winzigen Samen wachsen dann eventuell einige kleine Bäume, die im Laufe Hunderter von Jahren zu diesen mächtigen Baumgiganten des Yosemite heranwachsen.“

„Irre!“, sagte Anne. „Daran sieht man, wie eng alles miteinander verwoben ist, oder?“

John aus den Bergen sah sie überrascht an. „Das stimmt, Anne“, bestätigte er. „Auch die kleinen Wesen – wie dieses Eichhörnchen – sind alle mit dem gesamten Universum verbunden.“

„Genau!“, warf Philipp ein, der sich auch an der Unterhaltung beteiligen wollte.

John schüttelte verwundert den Kopf. „Ihr beide seid wirklich bemerkenswert“, meinte er. „Wie seid ihr eigentlich hierhergekommen? Wer hat euch hergebracht?“

„Äh ... Unsere Kunstlehrerin hat uns hergebracht“, sagte Philipp.

„Sie heißt Morgan“, erklärte Anne. „Sie hat uns bei diesen großen Bäumen abgesetzt.“

„Wartet mal“, grollte der Cowboy. „Wollt ihr etwa sagen, dass eure Lehrerin euch alleine hier im Wald zurückgelassen hat?“

„Äh ... Na ja ...“, stammelte Philipp und sah Hilfe suchend zu Anne.

„Das ist schon in Ordnung! Wir haben sie gebeten, über Nacht hier in der Wildnis bleiben zu dürfen“, behauptete Anne. „Wir haben ihr gesagt, dass wir eine Weile im Yosemite-Tal verbringen möchten, um für unsere Naturbücher Bilder zu zeichnen. Sie meinte auch, dass das eine gute Gelegenheit für uns wäre.“

„Da bin ich aber anderer Ansicht“, sagte der Cowboy finster. „Es ist doch gefährlich, zwei Kinder einfach so in der Wildnis alleine zu lassen.“

„Manchmal ist das bestimmt so“, stimmte Anne ihm zu. „Aber nicht für Philipp und mich. Wir sind viel zäher, als wir aussehen. Und klüger. Und mutiger.“

John aus den Bergen lachte. „Das glaube ich dir, Anne“, meinte er und wandte sich an den Cowboy. „Sir, hatten Sie nicht vorhin gesagt, dass es schön wäre, wenn ein Künstler uns begleiten würde?“

„Das stimmt“, bestätigte der Cowboy.

„Nun, jetzt sind uns hier zwei exzellente Künstler begegnet“, stellte John aus den Bergen fest.

„Und sie haben vor, eine Nacht im Yosemite-Tal zu verbringen. Das nenne ich einen glücklichen Zufall!“

„Ich finde immer noch, dass sie viel zu jung dafür sind“, erwiderte der Cowboy.

„Sir, als ich in ihrem Alter war, habe ich schon längst für meine Familie gearbeitet“, bemerkte John. „Und wären die beiden nicht sicherer, wenn sie uns auf unserer Reise begleiten würden, als wenn sie alleine durch den Wald wanderten?“

„Moment mal“, dachte Philipp. „Reise? Wo wollen die denn hin?“

Der Cowboy betrachtete Anne und Philipp.

Anne stellte sich gerade hin und hob den Kopf.

„Na gut, Sie haben gewonnen, John", sagte der Cowboy lachend. „Würdet ihr zwei Künstler uns begleiten?"

„Ja, würden wir!", rief Anne.

„Würden wir?", dachte Philipp und war sich nicht sicher.

„Wir bezahlen euch natürlich für eure Arbeit", erklärte der Cowboy.

Anne flüsterte ihrem Bruder Morgans Worte zu: „... tut umsonst, was ihr gebt."

„Äh ... Nein danke. Wir arbeiten ausschließlich umsonst", stellte Philipp klar. „Aber könnten Sie uns verraten, wohin wir gehen?"

„Aber natürlich!", erwiderte der Cowboy mit einem breiten Lächeln. „Wir gehen nirgendwohin, mein Junge. Wir haben vor, uns in der Wildnis zu verirren!"

Verirrt in der Wildnis

„Sich in der Wildnis verirren?“, dachte Philipp.

„In Ordnung, Philipp und Anne!“, sagte John aus den Bergen. „Unsere Wildhüter werden jetzt die Packtiere für euch vorbereiten.“

„Vielen dank“, sagte Anne. „Das klingt wirklich super!“

„Charlie“, rief John einem der Männer in den blauen Latzhosen zu. „Kannst du mit Archie auf unseren Packtieren Platz für unsere Künstler schaffen?“

„Ja, Sir!“, erwiderte Charlie.

Die grauen Maultiere waren kleiner als die Pferde. Sie hatten lange Ohren, große Köpfe und dünne Beine. Alle beide hatten Packsättel auf dem Rücken und trugen seitlich sperrige Bündel. Die Wildhüter packten die Bündel nach vorne, damit Anne und Philipp Platz auf den Maultierrücken hatten.

„Aufsteigen, Partner!“, sagte Charlie.

Mithilfe der Wildhüter stiegen die Geschwister auf die Maultiere. Sie saßen ganz hinten auf den Sätteln, das Gepäck vor sich. Festhalten konnten sie sich an den Gurten, mit denen alles festgezurrt war.

„Nehmt euch in Acht, ein Maultier wird immer versuchen, euch zum Narren zu halten!", warnte Charlie und ritt wieder zurück an die Spitze.

„Das hier bestimmt nicht!", widersprach Anne. „Ich finde deine langen Ohren wunderhübsch", sagte sie zu ihrem Maultier. „Ich nenne dich Puschelohr." Sie wandte sich an Philipp. „Du könntest deines Langohr nennen", schlug sie vor.

„Ganz. Bestimmt. Nicht!“, erwiderte Philipp trocken.

„Bereit?“, rief der Cowboy von vorne. „Dann auf in die Wildnis! Und denkt daran, dass wir die Zivilisation hinter uns lassen wollen!“

Das Maultier von Philipp trottete ganz hinten. Philipp hopste auf seinem Maultier auf und ab und fühlte sich hilflos, weil er keinerlei Möglichkeit hatte, das Tier zu beeinflussen.

Die kleine Gruppe verließ den Wanderweg. Jetzt erklommen sie langsam einen felsigen Pfad.

„Hey, John aus den Bergen!“, rief Anne John zu, der direkt vor ihr ritt. „Wie heißt eigentlich der Cowboy mit dem Schnurrbart?“

John blickte über seine Schulter zurück. „Erkennst du ihn denn nicht?“, fragte er.

„Nö“, erwiderte Anne.

John lächelte. „Er heißt Teddy.“

„Hey, wir hatten auch mal einen tollen Freund, der Teddy hieß. Er war ein Hund“, erzählte Anne.

John lachte. „Gut. Diesen Teddy kannst du bestimmt auch als Freund betrachten“, meinte er. „Aber nenne ihn trotzdem ‚Sir‘.“

„Sir?“, wiederholte Anne. „Okay. Und was macht Sir?“

„Viele Dinge“, antwortete John. „Vor einigen Jahren im Spanisch-Amerikanischen Krieg war er der Anführer einer Gruppe berittener Soldaten, die das ‚Furchtlose Regiment‘ genannt wurde.“

„Wer waren diese furchtlosen Reiter?“, fragte Philipp.

„Man könnte sagen, sie waren freiwillige Cowboy-Soldaten“, antwortete John.

„Cool!“, fand Anne.

„Ruhig!“, sagte Philipp beschwichtigend zu seinem Maultier.

Im Moment fühlte er sich gar nicht wie ein furchtloser Reiter. Sein Maultier war launisch und drehte sich mal nach links, mal nach rechts.

Philipp und sein Maultier fielen immer weiter zurück. Es war Philipp peinlich, dass er nicht mit Anne und den anderen mithalten konnte.

Plötzlich sprang ein Kaninchen über den Pfad. Philipps Maultier taumelte und Philipp ließ den Gurt los. Er verlor das Gleichgewicht und fiel herunter.

Anne drehte sich um. „Anhalten!“, rief sie. „Philipp ist von seinem Maultier gefallen!“

Alle Reiter blieben stehen. Teddy ritt zurück zu Philipp.

Das Maultier knabberte an einem Busch, während Philipp aufstand und sich den Staub von den Kleidern klopfte. Er merkte, wie er rot wurde, und wäre am liebsten auf der Stelle unsichtbar geworden.

„Alles in Ordnung?“, fragte Teddy. „Hat er dich abgeworfen?“

„Nein, Sir, daran war ich selbst schuld“, antwortete Philipp. „Ich habe einen Fehler gemacht und das Gleichgewicht verloren.“

„Ah, das macht gar nichts, mein Junge!“, tröstete Teddy. „Jemand, der keine Fehler macht, riskiert auch nichts!“

„Ja, Sir“, sagte Philipp.

„Bleib optimistisch, Philipp“, riet Teddy. „Sprich dir Mut zu. Sage dir: ‚Ich kann dieses Maultier reiten!‘ Wenn du selbst daran glaubst, ist das schon die halbe Miete!“ Teddy lächelte ihm zu.

„Ich weiß ganz genau, dass du das schaffen kannst, Philipp!“ Der Cowboy tippte mit der Hand an seinen Hut und ritt dann zurück an die Spitze der Gruppe.

Philipp holte tief Luft. Er wollte Teddys Vertrauen in ihn nicht enttäuschen. „Ich schaffe das“, murmelte er vor sich hin. „Ich kann ein Maultier reiten!“

Philipp stieg wieder auf sein Reittier und flüsterte weiter vor sich hin: „Ich kann ein Maultier reiten. Ich schaffe das. Ich werde mithalten. Ich kann das ...“

Als ob das Maultier Philipps Worte verstanden hätte, ging es jetzt im gleichmäßigen Schritt hinter den anderen her.

Teddy schaute sich zu Philipp um und schwenkte seinen Hut. „Das machst du prima, Philipp!“, rief er.

Philipp winkte zurück und lächelte. Er hopste immer noch auf dem Rücken des Maultieres auf und ab, aber er machte sich jetzt keine Sorgen mehr und hatte nur noch Augen für das, was an ihm vorüberzog: die Landschaft, die Pflanzen, die Vögel, die Blumen ... Am liebsten hätte er überall angehalten, um alles zu zeichnen.

Nach einer Weile hob Teddy seine Hand und die Gruppe blieb stehen. Philipp und Anne sprangen von ihren Maultieren und die vier Männer stiegen von ihren Pferden ab.

Philipp stellte fest, dass Teddy längst nicht so groß war, wie er auf dem Pferderücken gewirkt hatte. Aber der kräftige, fröhliche Cowboy war immer noch eine beeindruckende Erscheinung.

„Zeit zum Essenfassen!“, rief Teddy.

Die furchtlosen Reiter

Die beiden Wildhüter öffneten ihre Satteltaschen und verteilten kaltes Hühnchen, etwas trockenes Brot und Feldflaschen. Philipp aß ein paar Bissen Brot und trank einen Schluck Wasser, dann zog er sein Skizzenbuch hervor. Anne auch. Mit ihren magischen Stiften begannen sie zu zeichnen.

Anne zeichnete eine Zeder und Philipp eine Felsengruppe, die in der Nachmittagssonne lag. Die Umrisse hatte er rasch skizziert, anschließend betonte er Licht und Schatten.

Während die beiden Geschwister zeichneten, betrachtete John mit einer Lupe einen Stein und Teddy imitierte Vogelrufe.

Er machte: „Fitz-buu, Fitz-buu!“

„Weidenschnäppertyrann“, nannte John den Namen des Vogels, ohne den Blick von seinem Stein zu heben.

Teddy pfiff kurz und hoch.

„Rainammer“, sagte John und schaute immer noch durch sein Vergrößerungsglas.

Man merkte, dass Teddy und John dieses Spiel schon einige Male miteinander gespielt hatten.

Jetzt zwitscherte Teddy: „Kujujujujujujuuu!“

„Winterammer“, sagte Anne.

John hob den Blick. Teddy und er lachten. „Gut gemacht, Anne!“

Auch Philipp lachte. Er war stolz auf Anne. Das hatte sie von Onkel Josh gelernt. Philipp hätte sich auch gerne besser mit Vogelstimmen ausgekannt.

Teddy klatschte in die Hände. „Zeit, weiterzureiten!“, sagte er. „Damit wir uns noch ein bisschen tiefer in der Wildnis verirren können!“

Philipp und Anne steckten ihre Skizzenbücher ein, gingen zurück zu ihren Maultieren und stiegen auf.

Während sie weiterritten, schaute Philipp sich um. Wieder hätte er gerne alles, was er sah, gezeichnet: Bäume, Baumstümpfe, wilde Gräser und Blumen, Vögel ...

Je höher die Maultiere und Pferde kletterten, desto mehr Wolken schoben sich vor die Sonne und es wurde kälter.

Zu Philipps Überraschung begann es zu schneien. Es wurde windig. Bald war der Himmel grau und dunkel.

„O Mann!“, flüsterte Philipp.

Sie ritten weiter. Die Pferde und die Maultiere trotteten mühsam auf dem schneebedeckten Pfad nach oben. In dem weißen Schneegestöber wurde Philipps Gesicht eiskalt.

„Ich bin begeistert von diesem wilden Wetter!“, rief Teddy.

„Ich auch!“, pflichtete John ihm bei. „Es gibt nichts Schöneres!“

„Das ist nicht ihr Ernst!“, dachte Philipp.

Er konnte seine Hände schon nicht mehr fühlen. Seine Finger waren so kalt wie Eiszapfen!

„Alles in Ordnung bei euch da hinten, Kinder?“, rief Teddy den Geschwistern zu.

„Ja, Sir! Ich mag Schnee!“, antwortete Anne.

„Das Leben ist eben ein einziges großes Abenteuer, nicht wahr?“, stellte Teddy fest.

„Ja, Sir!“, rief Philipp zurück. Aber leise flüsterte er: „Das ist entsetzlich! Wir werden erfrieren. Wir haben uns verirrt. Wir sind erschöpft!“

Doch gerade als Philipp alle Hoffnung aufgeben wollte, änderte sich das Wetter wieder.

Das Schneetreiben hörte auf.

Der Wind legte sich.

Die Sonne brach durch die Wolken.

Der Himmel wurde wieder blau.

John aus den Bergen lachte. „Ich habe Ihnen doch wildes Wetter versprochen, nicht wahr, Sir?“, rief er Teddy zu. „Und ich habe mein Versprechen gehalten!“

„Das haben Sie, mein Freund! Herzlichen Dank!“, bestätigte Teddy. „Jetzt haben wir gleich den Glacier Point erreicht, den Aussichtspunkt, an dem wir unser Lager aufschlagen wollen.“

Nach einem kurzen Ritt hielten die Pferde und die Maultiere auf einem flachen Abschnitt. Kiefern wuchsen am Rand der Fläche. Teddy und John sprangen von ihren Pferden, kletterten auf einige Felsen und verschwanden hinter einem Felsvorsprung.

Philipp und Anne stiegen ebenfalls von ihren Reittieren.

Anne zog ihr Skizzenbuch hervor. „Komm, lass uns zeichnen“, schlug sie ihrem Bruder vor.

„Fang du schon mal an, ich muss mich noch einen Moment ausruhen“, sagte er.

Anne setzte sich auf einen Felsen und fing an, die Kiefern zu zeichnen. Charlie sammelte Holz, um ein Feuer zu machen, und Archie versorgte die Tiere.

Philipp saß alleine da. Ihm tat alles weh von dem Ritt auf dem Maultier. Seine Hände und sein Gesicht schmerzten noch von dem eiskalten Schnee.

„Anne ist immer so stark, so fröhlich und so zuversichtlich!“, dachte er. Wieso konnte er nicht auch mehr so sein wie sie? Warum war er nicht so wie Teddy und John, wie Charlie und Archie? Was war eigentlich los mit ihm?

„Philipp! Anne!“, rief John von oben. „Kommt hoch und seht euch die Aussicht von hier oben mal an!“

Anne ließ ihren Stift sinken und sprang auf. „Komm, lass uns gehen!“

„Nein, geh du alleine. Sieh dir die Aussicht ohne mich an“, bat Philipp.

„Echt? Ach, komm doch bitte mit!“, drängte Anne. „Ich möchte, dass du das auch siehst!“

Philipp seufzte. „Na gut“, sagte er, stand schwerfällig auf und kam mit. Sie kletterten über die Felsen zu dem Aussichtspunkt.

„Wahnsinn!“, staunte Anne.

Philipp hielt die Luft an. Das war die umwerfendste Aussicht, die er je gesehen hatte. Ein tiefes Tal war gesäumt von Felsformationen, die so hoch waren wie Berge. Ein donnernder Wasserfall stürzte eine senkrechte Felswand hinunter. Die riesigen Felsen und das Wasser schimmerten im goldenen Licht eines Yosemite-Sonnenuntergangs.

Teddy betrachtete die ungeheure Weite durch ein Fernglas.

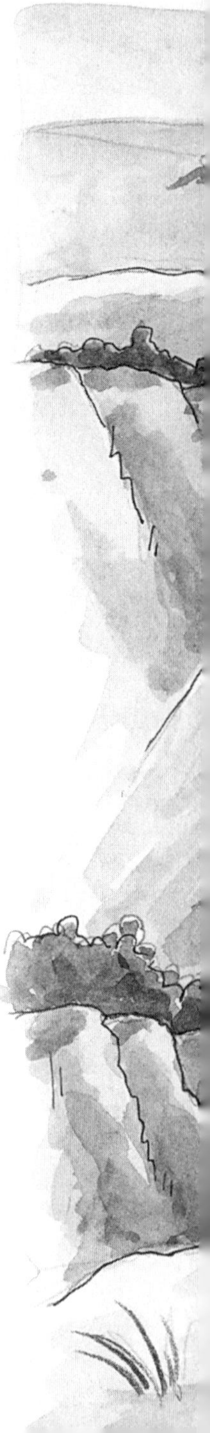

„Der Winterschnee schmilzt jetzt überall", sagte John. „Alles lebt! Wasser fließt! Fische schwimmen! Vögel fliegen!"

„Herzlichen Glückwunsch, Frühling!", rief Teddy.

Die anderen lachten. Philipp lachte auch. Er war so überwältigt von der Aussicht, dass er vergaß, wie müde er war und dass ihm alles wehtat. Und er vergaß, sich Sorgen zu machen.

„Dieses Tal ist vor Millionen von Jahren von Gletschern geformt worden", erzählte John. „Und dort drüben ist der höchste Wasserfall in den Vereinigten Staaten. In einer Vollmondnacht ist das ein unglaublicher Anblick!"

„Das würde ich zu gerne irgendwann einmal sehen!", sagte Philipp.

„Das wirst du vielleicht auch eines Tages", meinte John. „Aber heute Nacht haben wir leider nur einen Sichelmond!"

Langsam versank die Sonne hinter den hohen Felsen und dem Wasserfall. Der golden gefärbte Himmel wurde violett.

Teddy steckte sein Fernglas ein und wandte sich lächelnd an Philipp und Anne. „Ihr wart heute wirklich furchtlose Reiter!“, lobte er. „Ihr habt den Schneesturm auf den Rücken eurer Maultiere ertragen, ohne zu klagen, ohne anzuhalten. Das Leben ist ein großes Abenteuer, oder?“

„Ja, Sir!“, bestätigte Anne.

„Ja, Sir! Das stimmt“, sagte auch Philipp.

Und diesmal meinte er es auch genau so, wie er es sagte!

Blick auf die Sterne

„Es gibt Essen!“, rief Charlie von unten.

„Wunderbar!“, rief Teddy. „Ich bin am Verhungern!“

Teddy, John, Philipp und Anne kletterten wieder nach unten zu ihrem Lager.

In der kühlen Bergluft lag der Geruch von verbranntem Holz.

Charlie und Archie kochten über einem Lagerfeuer.

Sie setzten sich alle auf Holzklötze rund um die lodernde Wärme und Charlie verteilte Teller mit gebratenem Hühnchen, Steak und Brot.

Zwischen den großen Happen, die er sich in den Mund schob, forderte Teddy John auf: „Nun, erzählen Sie mir alles, was Ihnen Sorgen bereitet!“

„Eine Menge Dinge, Sir“, antwortete John. „Es kommen zu viele Jäger und Trapper in dieses Tal. Schwarzbären und Vielfraße werden in Stahlfallen getötet.“

„Was?“, empörte sich Anne.

„Pssst!“, machte Philipp. Er wollte John und Teddy zuhören. Ihre Unterredung klang wichtig.

„Was ist die größte Gefahr für die Natur? Was fürchten Sie am meisten?“, wollte Teddy wissen.

„Ich fürchte die Gier“, erwiderte John. „Menschliche Gier. Es gibt Leute, die wollen das Land hier erschließen, um Hotels und Geschäfte zu bauen. Andere jagen die schönsten Vögel, nur um mit Federn geschmückte Hüte zu verkaufen.“

„Das ist ja furchtbar!“, flüsterte Anne ihrem Bruder zu.

„Doch ich glaube, am allermeisten würde ich um die großen Bäume trauern, Sir“, gestand John. „Manche Firmen wollen diese gigantischen

Bäume fällen, nur um sie zu verkaufen. Sie halten den Wald für eine Art Holzfabrik. Erst vor wenigen Jahren wurde einer dieser alten Bäume gefällt."

„O nein!", sagte Anne zu Philipp.

„Diebe! Halunken!", schimpfte Teddy.

„Ja", sagte John. „Jener Baum war eines der größten Lebewesen auf diesem Planeten. Eintausendvierhundert Jahre alt. Sie haben drei Wochen gebraucht, um diesen Giganten zu fällen."

Anne stöhnte leise und verbarg ihr Gesicht in den Händen.

„Ist schon gut!", flüsterte Philipp ihr zu, obwohl er gar nicht fand, dass das gut war. Wie kam man auf die Idee, einen der bemerkenswertesten Bäume auf der Erde einfach abzuholzen?

Teddy seufzte. „Nun habe ich eine Menge erfahren, worüber ich nachdenken muss, John", sagte er, stand auf und streckte sich. „Zeit, schlafen zu gehen. Gute Nacht, Freunde. Ich schlafe gerne in der kühlen, klaren Bergluft. Bleibt mit beiden Beinen auf dem Boden und richtet euren Blick auf die Sterne!"

Teddy ging zu seinem Lager aus Decken, das die Wildhüter für ihn hergerichtet hatten. Er legte sich hin und wenige Minuten später schnarchte er laut.

John wandte sich an Philipp und Anne: „Die Wildhüter haben dort drüben für euch beide auch Decken vorbereitet."

„Danke schön", sagte Philipp. Anne hielt ihren Kopf gesenkt.

„Ist alles in Ordnung mit Anne?", wollte John wissen.

„Mir geht es gut, danke", antwortete Anne bedrückt.

„Sie ist einfach nur müde", sagte Philipp zu John.

„Das bin ich auch", erwiderte John freundlich. „Dann legt euch mal schlafen. Ihr habt es bestimmt nötig."

„Danke", sagte Philipp.

Nachdem John gegangen war, strich Philipp sanft über Annes Rücken. „Komm, gehen wir“, sagte er.

Anne stolperte hinter ihm her zu ihrem Bett aus Decken.

„Leg dich schlafen, dann fühlst du dich morgen ganz bestimmt besser“, sagte Philipp und klang dabei wie ihre Mutter.

Anne schwieg.

„Morgen wird ein toller Tag und wir werden viel Spaß haben!“, versprach Philipp.

„Danke“, sagte Anne leise.

Sie legten sich beide hin. Frierend und erschöpft zog Philipp sich seine Decke bis unters Kinn. Er war schon halb eingeschlafen, als ihn irgendetwas wieder aufweckte. Er sah sich um.

Anne lag nicht mehr in ihrem Bett.

Mit klopfendem Herzen sprang Philipp auf.

Teddy schnarchte lauter denn je. John schlief ohne Decken auf dem blanken Boden und die beiden Wildhüter hatten sich neben dem Feuer hingelegt.

Philipp sah eine zusammengekauerte Gestalt bei den Tieren.

„Anne!“, flüsterte er.

Er lief zu ihr und hockte sich neben sie. „Hey, was machst du denn hier?“

„Ich wollte alleine sein und weinen“, sagte Anne. „Ich ... Ich kann einfach nicht aufhören, an den riesigen Baum zu denken, der gefällt wurde. Mehr als tausend Jahre lang haben Vögel und Eichhörnchen auf ihm gewohnt. Er hat seine Zweige zum Himmel gestreckt. Er hat den Wind, die Sonne und den Regen gespürt. Ob er wohl etwas gespürt hat, als sie ihn umgesägt haben?

Daran muss ich die ganze Zeit denken ..." Sie schlug die Hände vors Gesicht und schluchzte.

„Ich weiß nicht, ob Bäume etwas fühlen", erwiderte Philipp. Aber auch er konnte es kaum ertragen, darüber nachzudenken.

Nach einem Moment stand er auf.

„Komm mit!", bat er. „Lass uns etwas machen. Lass uns zum Aussichtspunkt hochklettern. Vielleicht können wir den Wasserfall bei Nacht sehen."

„Dazu habe ich keine Lust", sagte Anne.

Philipp hatte auch keine Lust, aber er wollte einfach etwas tun, womit er Anne vielleicht trösten konnte. „Das macht bestimmt Spaß!", drängte er.

„Na gut." Anne wischte sich mit dem Jackenärmel über die Augen und stand auf.

Sie gingen zu den dunklen Felsen und fingen an zu klettern.

Philipp war als Erster oben. „Irre!“, rief er leise aus.

Am dunkelvioletten Himmel leuchteten zahllose Lichter.

„Du wirst begeistert sein!“, flüsterte Philipp, als Anne auf den Vorsprung kletterte.

„Oh!“, hauchte sie, „Millionen von Sternen!“

„Unglaublich, oder?“, sagte Philipp.

„Ja“, sagte Anne. „Ich begreife das nicht – wo verstecken sich diese Sterne denn sonst?“

„Sie sind immer da“, behauptete Philipp. „Papa hat mir mal erklärt, dass die Lichter der Städte so hell in unseren Nachthimmel strahlen, dass wir das Licht der weiter entfernten Sterne nicht mehr sehen können. Deshalb sieht man Sterne am allerbesten an Orten wie diesem: Orten ohne künstlichem Licht.“

„Ich mag diese Sterne!“, sagte Anne.

„Ich auch“, bestätigte Philipp. „Hey, weißt du was? Diese Sterne werden nie verschwinden. Selbst wenn die Natur verschwindet, die Sterne bleiben!“

Anne seufzte. „Danke ... Jetzt fühle ich mich schon sehr viel besser!“, behauptete sie.

„Gut“, sagte Philipp.

Aber er wusste genau, dass sie das nur sagte, damit er sich besser fühlte.

„Hey, wollen wir die Sterne zeichnen?“, schlug er vor.

„Es sind zu viele!“, meinte Anne.

„Wir könnten es doch mal versuchen“, beharrte Philipp.

Also zogen sie beide ihre Skizzenbücher hervor und setzten sich nebeneinander auf den Felsvorsprung. Philipp setzte seinen Stift auf eine leere weiße Seite.

Anstatt Umrisse und Linien zu zeichnen, tippte sein magischer Stift auf das Papier. Annes Stift machte das Gleiche.

Anfangs pochten ihre Stifte noch langsam ... dann schneller und schneller, bis sie blitzschnell auf das Papier tippten.

Auch als Philipp müde wurde, klopfte sein Stift weiter auf das Papier.

Sogar als Philipp die Augen zufielen, klopfte der Stift weiter.

Und auch als Philipp bereits eingeschlafen war, pochte sein Stift immer weiter auf das Papier …

Überraschung zur Mittagszeit

„Philipp! Anne!“, rief jemand aus dem Lager.

„Aufwachen, Philipp!“, sagte Anne. „Charlie ruft uns!“

„Oh! Was?“, murmelte Philipp und schlug die Augen auf.

„Wir sind hier oben! Wir kommen runter!“, rief Anne zurück.

Philipp hielt immer noch seinen Stift in der Hand. „Was ist los?“

„Wir sind beim Sternemalen eingeschlafen“, erklärte Anne.

Die ganzen Sterne am Himmel waren nicht mehr zu sehen.

Das Tal unter ihnen lag in der grauen Morgendämmerung: die großen Felsformationen und der hohe weiße Wasserfall.

Philipp nahm sein Skizzenbuch hoch und betrachtete das letzte Bild. „O Mann! Das ist ja unglaublich!“, flüsterte er.

„Schau mal!“, sagte Anne und zeigte ihm ihr Buch.

Auf beiden Zeichnungen waren unzählige winzige silberne Punkte auf einem schwarzen Hintergrund zu sehen. Ihre magischen Stifte hatten auf wunderbare Weise den Nachthimmel über dem Yosemite-Tal mit all seinen Sternen eingefangen.

„Das sieht genauso aus, wie wir es gesehen haben!“, staunte Anne.

„Ganz genauso!“, bestätigte Philipp.

Um sie herum fingen die Vögel an zu singen.

„Ein neuer Morgen“, stellte Anne lächelnd fest. „Vielleicht wird heute wirklich ein schöner Tag.“

Philipp war erleichtert. Anne schien wieder zu sein wie immer.

„Philipp! Anne!“, rief Charlie noch einmal.

„Wir kommen schon!“ Die beiden Geschwister steckten ihre Skizzenbücher und ihre Stifte wieder ein und kletterten von dem Vorsprung nach unten.

Die Sonne schien. John und Teddy frühstückten. Archie packte zusammen und Charlie hielt eine Bratpfanne über ein kleines Feuer.

„Kommt her und holt euch eure Pfannkuchen!“, rief er den beiden Kindern zu.

„O Mann!“, sagte Philipp.

Unter freiem Himmel zu schlafen hatte ihn ordentlich hungrig gemacht.

„Guten Morgen, meine Freunde!“, grüßte Teddy sie. „Seid ihr früh aufgestanden, um den Ausblick zu zeichnen?“

„Lange aufgeblieben“, stellte Anne richtig. „Wir haben eine Million Sterne gezeichnet!“

Teddy lachte. „Na, ich hoffe, ihr habt keinen vergessen!“

„Bestimmt nicht!“, antwortete Anne.

„Darf ich eure Bilder mal sehen?“, bat John.

„Natürlich“, erwiderte Anne.

Die Geschwister zogen ihre Skizzenbücher aus der Tasche und reichten sie Teddy und John.

Philipp und Anne aßen Pfannkuchen, während die beiden Männer sich ihre Zeichnungen anschauten: das Eichhörnchen, den roten Vogel, den Pilz, den Baumstumpf, den Schmetterling, das Reh, die Felsen, Zedern und Kiefern, den Wasserfall, die Felsformationen und den sternenübersäten Nachthimmel.

„Unglaublich! Eure Zeichnungen sind wirklich bemerkenswert“, lobte John. „Damit habt ihr sowohl die Erhabenheit vom Yosemite-Tal als auch die Schönheit der alltäglichen kleinen Wunder eingefangen!“

„Danke!“, sagten die Geschwister.

Teddy sagte zunächst gar nichts. Er betrachtete die Skizzenbücher und schüttelte dabei immer wieder den Kopf. Schließlich schaute er auf. „Worte können die ganze Wahrheit des Zaubers der Natur überhaupt nicht ausdrücken“, sagte er. „Aber in euren Zeichnungen ist euch das gelungen!“

„Danke, Sir“, sagte Anne. „Wenn wir sie doch nur retten könnten!“

„Was retten?“, hakte Teddy nach.

„Die Wildnis, die Natur“, antwortete Anne. „Wir wünschen uns, dass niemand jemals wieder Vögel jagen, Tiere in Stahlfallen töten oder Riesenbäume fällen darf!“

„Wirklich? Ihr seid noch Kinder und denkt schon über so etwas nach?“, wunderte sich Teddy.

„So etwas bringt mich zum Weinen“, gestand Anne ihm.

„Das stimmt“, bestätigte Philipp.

Teddy musterte die beiden Kinder nachdenklich.

„Fertig zum Aufbruch, Sir?“, fragte Charlie. „Wir müssen zu Mittag dort sein!“

Die beiden Wildhüter hatten bereits alles zusammengepackt und die Pferde und Maultiere gesattelt.

Teddy holte tief Luft. „Ja, ich denke, ich bin bereit!“, sagte er und stand auf. „Gehen wir, meine Freunde, und stellen uns der Zivilisation!“

Die vier Männer bestiegen ihre Pferde. Philipp und Anne kletterten auf ihre Maultiere. Mit Teddy an der Spitze ließen sie ihr Lager hinter sich.

Bald fiel Philipp etwas sehr Seltsames auf. Entlang ihres Weges lugten immer wieder Frauen und Kinder hinter Baumstämmen hervor.

„Wer sind all diese Leute?“, fragte Philipp.

„Keine Ahnung“, antwortete seine Schwester. „Schau nur, dort stehen noch viel mehr!“

Sie deutete auf eine weitere Gruppe entlang des Pfades.

Als die Reiter sich der Gruppe näherten, lächelten die Leute und winkten. Die Kinder hüpften aufgeregt auf und ab.

Charlie setzte sich an die Spitze und rief: „Aus dem Weg, bitte! Aus dem Weg!“

So bahnte er einen Weg für Teddy und die anderen Reiter.

Die Pferde und die Maultiere wurden schneller, als sie an den Zuschauern vorübertrotteten.

„Was ist hier nur los?“, wunderte sich Philipp. Er sah über die Schulter zurück. Die Leute winkten immer noch.

„Keine Ahnung, aber schau nur, dort stehen noch viel mehr Leute!“, sagte Anne.

Ein Stückchen weiter wurde der Pfad breiter und Philipp sah Hunderte von Menschen vor einem aus weiß gestrichenem Holz gebautem

Hotel stehen. Unter den Bäumen parkten Pferdekutschen.

Als die Reiter näher kamen, stürzten Fotografen auf sie zu und machten Fotos von Teddy und John. Die Menge begann zu jubeln. Philipp hörte den Ruf: „Herr Präsident! Herr Präsident!"

„Herr Präsident?", dachte Philipp. „Wer ist das denn?"

Teddy und John stiegen von ihren Pferden. Sie schüttelten einigen Männern in Anzügen die Hände. Ein hochgewachsener Mann begleitete Teddy, der einige Stufen zum Hotel hochging. Die Menge rückte näher, um zu hören, was er zu sagen hatte.

Philipp und Anne saßen auf ihren Maultieren und beobachteten das alles ungläubig.

„Ist Teddy etwa Präsident von irgendetwas?", fragte Anne.

„Sieht ganz so aus", erwiderte Philipp.

„Präsident von was?", hakte Anne nach.

„Meine Damen und Herren", rief der hochgewachsene Mann. „Bitte begrüßen Sie den

Präsidenten der Vereinigten Staaten: Theodore Roosevelt!“

„Waas?“ Fast wäre Philipp von seinem Maultier gefallen.

„Irre! O Mann, wie irre!“, rief Anne.

Und als die Menge anfing zu jubeln, jubelte sie mit: „Hey! Hey!“

Philipp war zu verblüfft, um zu jubeln oder zu klatschen. Er konnte es nicht fassen. Dann war Teddy gar nicht einfach nur ein unerschrockener, freundlicher Cowboy.

Teddy war der Präsident der Vereinigten Staaten von Amerika!

Der letzte Grizzly

„Vielen Dank, Herr Gouverneur!“, sagte Präsident Teddy Roosevelt. „Meine Damen und Herren, ich stehe hier als Überlebender der Wildnis vor Ihnen! Ich habe die wahre Schönheit des Yosemite-Tals erlebt! Und ich fand es großartig!“

Die Menge lachte und jubelte.

„Ich möchte zuerst dem weltbekannten Naturschützer und Schriftsteller John Muir – oder John aus den Bergen, wie viele von uns ihn nennen – dafür danken, dass er mich begleitet hat“, sagte Präsident Roosevelt. „Ebenfalls danken möchte ich den beiden jungen Künstlern Philipp und Anne. Ich verspreche, ich werde die Wildnis für sie retten und bewahren ... und für ihre Kinder und Kindeskinder! Ebenso für alle Menschen unserer großartigen Nation, für die Reichen wie für die Armen!“

Die Menge jubelte.

„Wir müssen die Vögel und Tiere, die hier leben, für immer schützen – und ebenso natürlich unsere unbezahlbaren Riesenbäume!“, fuhr Teddy fort. „Wir erbauen dieses wunderschöne Land schließlich nicht nur für einen Tag. Wir wollen, dass Amerika für alle Zeiten Bestand hat. Und deshalb verkünde ich heute als Präsident dieser großartigen Vereinigten Staaten, dass künftig der *gesamte* Bereich des Yosemite-Landes als Nationalpark unter besonderen Schutz gestellt werden soll!“

Die Menge tobte vor Begeisterung.

„Vielen Dank für Ihr Kommen!“, sagte der Präsident. „Haben Sie noch einen schönen Sonntag!“

Während die Menge weiterjubelte, begleitete der Gouverneur Teddy ins Hotel.

Anne sah Philipp mit leuchtenden Augen an.

„Wir haben es geschafft!“, sagte Philipp. „Wir haben dazu beigetragen, die Natur zu schützen!“

Anne nickte. „„... am Sonntag zur Mittagszeit!“, zitierte sie lächelnd.

„Philipp! Anne!“, rief jemand.

Die Geschwister blickten sich um.

John aus den Bergen saß schon wieder auf seinem Pferd und ritt auf sie zu.

„Ich wollte mich bei euch beiden bedanken“, sagte er. „Meine Aufgabe war es, Präsident Roosevelt durch das Yosemite-Tal zu begleiten und ihn davon zu überzeugen, dass er das *gesamte* Gebiet unter den Schutz der Nationalparks stellt. Ihr zwei habt mir dabei enorm geholfen. Dafür bin ich euch sehr dankbar.“

„Gern geschehen!“, sagte Anne.

„Wollen wir im Hotel gemeinsam zu Mittag essen?“, fragte John.

„Vielen Dank, aber wir sind mit unserer Kunstlehrerin verabredet“, sagte Anne. „Wir müssen zurück zu den großen Bäumen, wo sie uns abgesetzt hat.“

„Dort holt sie uns wieder ab“, ergänzte Philipp.

„Ich fürchte, die großen Bäume sind ziemlich weit weg von hier!“, meinte John. „Aber während der Präsident sich mit dem Gouverneur trifft, könnte ich euch auf den beiden Maultieren zu eurem Treffpunkt bringen.“

„Oh ... Möchten Sie denn gar nicht zu den anderen ins Hotel gehen?“, fragte Anne.

„Nein. Eigentlich bin ich immer sehr viel lieber draußen als irgendwo drinnen“, erwiderte John. „Wartet kurz. Ich sage nur rasch Charlie Bescheid.“

Während John Charlie darüber informierte, was er vorhatte, sagte Philipp zu Anne: „Wie sollen wir denn hoch ins Baumhaus klettern, wenn John bei uns ist?“

Sie zuckte mit den Schultern. „Dann müssen wir wohl mit ihm gemeinsam warten, bis er geht."

John kam zurückgeritten und Philipp und Anne folgten ihm zu den Maultieren. Dann trotteten die drei Tiere vom Gelände des Hotels und folgten dem Waldpfad.

John ritt auf dem langen, kurvigen, holprigen Weg voraus. Auch bei diesem Ritt war das Wetter sehr wechselhaft.

Zuerst war es heiß und sonnig. Dann zogen Wolken auf. Der Wind frischte auf und es wurde kälter. Schließlich begann es heftig zu regnen.

Philipp dachte an Teddys Worte und er rief: „Ich mag dieses wilde Wetter!“

Anne lachte.

Plötzlich hörte es auf zu regnen und es wurde wieder warm und sonnig.

Als sie das Wäldchen mit den großen Bäumen erreichten, dämmerte es schon. Lange Schatten durchzogen den Wald.

„Wir sind da!“, stellte John fest.

Sie hielten nicht weit von dem Riesenbaum, in dessen Ästen hoch oben das Baumhaus gelandet war. Glücklicherweise hing die Strickleiter auf der anderen Seite des dicken Stammes und war nicht zu sehen.

John stieg von seinem Pferd und Philipp und Anne sprangen von ihren Maultieren.

Anne umarmte ihr Reittier. „Danke schön, Puschelohr!“, flüsterte sie ihm zu.

„Gutes Maultier!“, sagte Philipp zu seinem. „Vielen Dank, dass du mich überall hingetragen hast!“

Das Maultier wackelte mit den Ohren und schnaubte.

Philipp ging weiter, aber Anne flüsterte immer noch mit Puschelohr und es sah so aus, als ob das Maultier ihr aufmerksam zuhören würde.

John sah erstaunt zu.

„Anne hat ein ganz besonderes Verhältnis zu Tieren“, erklärte Philipp. „Sie spricht mit ihnen und hört ihnen zu und versteht, was sie fühlen.“

„Wie wunderbar“, sagte John. „Jeder Blick, den wir in das verborgene Leben der Tiere werfen dürfen, macht unser Leben besser!“

„Das finde ich auch!“, erwiderte Philipp.

Er fand es schön, wie John über die Natur sprach.

„Kommt eure Lehrerin mit einem Pferdewagen?“, wollte John wissen.

„Äh ... ja“, schwindelte Philipp. „Aber Sie müssen wirklich nicht mit uns warten. Bestimmt sollten Sie längst schon wieder irgendwo anders sein, oder?"

John schüttelte den Kopf. „Der beste Platz für mich ist immer dort, wo ich gerade bin!"

„Eine gute Einstellung", dachte Philipp. „Aber leider nicht gut für uns, weil wir ins Baumhaus klettern wollen."

„Während wir warten, mach ich uns ein kleines Feuer, damit wir uns wärmen können", schlug John vor.

Er sammelte rasch einige Äste und Zweige und entzündete ein Streichholz.

Schon bald saßen Philipp und Anne dicht um ein prasselndes Feuer. John holte ein kleines Bündel aus einer seiner Satteltaschen. „Ein kleiner Imbiss, ehe ihr die Heimreise antretet", sagte er und reichte ihnen zwei Stücke hartes Brot.

Während Philipp an seinem Brot knabberte, wehte eine leichte Brise durch den Wald. Der Wind wurde stärker. Die riesigen Bäume winkten mit ihren Ästen und die Blätter flüsterten raschelnd.

„Ich mag diese riesigen Sequoia-Bäume mindestens so gerne, wie ich Menschen mag“, stellte John fest. „Es klingt, als ob jedes einzelne Blatt an einem dieser Bäume singen würde. Hört ihr das auch?“

„Fast …“, flüsterte Anne.

Philipp hörte nur die Blätter rascheln. Er hörte kein Singen.

„In allem ist Musik“, fuhr John fort. „Im herabfallenden Wasser, in den Felsen, in den Sternen. Aber die menschlichen Sinne sind nicht fein genug, um den Gesang der Natur zu hören.“

„Ich wünschte mir so sehr, dass ich das hören könnte“, sagte Anne.

„Eines Tages wirst du das“, versprach John. „Du musst nur immer gut hinhören!“

Philipp schaute in den immer dunkler werdenden Wald und betrachtete die riesigen Bäume, deren Blätter im Wind zitterten.

Plötzlich zuckte er zusammen.

„Der Grizzly!“, flüsterte er.

Wind in den Bäumen

John und Anne wirbelten herum.

Der zottelige braune Bär kam langsam auf das Lagerfeuer zu. Dann blieb er stehen und starrte die drei Menschen an.

„Bleibt ganz ruhig“, flüsterte John den Geschwistern zu.

„Ist das ein Grizzly?“, wisperte Philipp.

„In der Tat“, bestätigte John. „Ihr hattet recht. Ich dachte, es gäbe keine Grizzlys mehr im Yosemite-Tal. Vielleicht ist das hier ja der letzte, der noch übrig ist!“

„Wie traurig!“, fand Anne.

„Ist er nicht unglaublich schön?“, stellte John fest. „Würdet ihr ihn für mich zeichnen?“

„Ja“, flüsterte Anne. Sie griff in ihre Tasche und zog ihr Skizzenbuch hervor.

Obwohl er sich vor dem Bären fürchtete, nahm auch Philipp seines zur Hand.

Der Grizzly bewegte sich nicht. Er stand

bewegungslos da und schaute die drei Menschen vor sich an.

Philipps Herz schlug wie wild, als er im Licht des Feuers seinen Stift auf die weiße Seite setzte. Der Stift begann sich zu bewegen und schon bald hatte Philipp die Umrisse des Bären gezeichnet. Dann schraffierte er das zottelige Fell und die großen Tatzen mit den Klauen. Die Nase und die Ohren des Bären malte er dunkler.

Als die Skizze fertig war, fürchtete Philipp sich nicht mehr vor dem Grizzly. Dieser Bär war wirklich wunderschön, genau wie John gesagt hatte.

Der Grizzly schnaufte und schüttelte seinen großen Kopf. Er richtete seinen Blick auf Anne und starrte sie an.

„Okay, das sage ich ihnen!“, versprach Anne dem Bären.

Der Bär schnaufte wieder. Dann drehte er sich um und lief dorthin zurück, wo er gerade hergekommen war.

„Uns was sagen?“, fragte John Anne.

„Ja, was?“, wollte auch Philipp wissen.

„Er wollte, dass wir wissen, dass er uns gestern nichts tun wollte“, sagte Anne. „Er ist der Meinung, dass alle Lebewesen ein Recht haben, zu existieren. Und da er der letzte Grizzly hier im Yosemite-Tal ist, wandert er weiter und sucht sich einen Ort, an dem er nicht mehr dauernd auf Menschen stößt, damit er niemanden mehr ängstigt. Er sucht einen Ort, an dem er ganz er selbst sein kann und ...“

„Warte, warte, warte! Stopp!“, sagte Philipp.

„... und wo er auf andere Grizzlybären trifft“, schloss Anne.

„Das kann er nicht alles gesagt haben!“, widersprach Philipp.

Anne grinste. „Glaub mir!“, beteuerte sie.

John aus den Bergen lachte. „Ich glaube dir, Anne“, sagte er. „Und dem Bären!“ Er blickte sich um. „Es ist schon fast dunkel, Freunde. Ich glaube, ihr kommt lieber wieder mit mir zurück ins Hotel.“

„Hey, ich höre sie schon!“, rief Anne und sprang auf. Sie starrte in den Wald. „Ich höre sie rufen!“

„Wen?“, fragte Philipp. „Den Bären?“

„Nein! Morgan, unsere Lehrerin! Sie ist hier. Gerade hat sie unsere Namen gerufen – von dort, hinter den Bäumen.“ Anne rief in den Wald: „Warten Sie, Morgan! Wir kommen! Bleiben Sie, wo Sie sind!“

„Stimmt!“, rief Philipp und sprang ebenfalls auf. „Wir werden abgeholt! Sie ruft uns von dort hinter den Bäumen!“

„Ich habe nichts gehört“, sagte John.

„Wirklich nicht?“, fragte Anne.

„Nein. Aber um ehrlich zu sein, verstehe ich Menschen nicht so gut, wie ich die Natur verstehe“, gestand John. „Ich werde hier am Feuer noch eine Weile warten. Versprecht mir, dass ihr wieder hierher zu mir zurückkommt, wenn ihr eure Lehrerin nicht gleich findet."

„Das werden wir! Vielen Dank!", versprach Philipp. „Danke für alles. Dafür, dass Sie uns wieder hierher zurückgebracht haben und für den tollen Campingausflug!"

„Wir werden Sie nie vergessen, John", sagte Anne. „Bitte nehmen Sie unsere Skizzenbücher als unser Geschenk. Und sagen Sie bitte Präsident Teddy Auf Wiedersehen von uns."

Philipp und Anne übergaben John aus den Bergen ihre Skizzenbücher.

„Vielen Dank, meine Freunde. Ich werde sie in Ehren halten“, versprach er. „Ich wünsche euch eine gute Heimreise.“

„Ihnen auch, John. Tschüss!“, verabschiedete sich Anne. Dann rief sie in Richtung der Bäume: „Wir kommen schon, Morgan!“

Sie nahm Philipps Hand und zog ihn tiefer in den Wald.

„Dort!“, rief Philipp.

Anne und er rannten zu der Strickleiter, die auf der anderen Seite des Riesenbaumes hing.

Anne kletterte in der Dunkelheit nach oben. Philipp kletterte hinterher – Schritt für Schritt … Schritt für Schritt – bis sie den Wipfel des Sequoia-Baumes erreicht hatten. Als sie endlich ins Baumhaus schlüpften, war der Himmel schon wieder voller Sterne. Die Blätter der Bäume raschelten und die großen Bäume wiegten sich hin und her. Ganz weit unten konnten sie gerade noch den Schein von Johns Feuer erkennen.

„Auf Wiedersehen, John aus den Bergen. Auf Wiedersehen, Kalifornien!“, flüsterte Anne leise.

„Auf Wiedersehen, Präsident Teddy, auf Wiedersehen, ihr Maultiere und letzter Grizzly und ..."

Während Anne sich verabschiedete, hörte Philipp auf einmal ein Summen. Es schien von den windgeschüttelten Bäumen zu kommen.

„Hör mal, Anne!", bat Philipp.

„Auf Wiedersehen, Eichhörnchen und Gebirgsschmetterling", sagte Anne. „Auf Wiedersehen, Wasserfall und Sterne ..."

„Hör doch mal, Anne!", wiederholte Philipp.

Anne verstummte und lauschte dem Rascheln der Blätter in den riesigen Bäumen. Immer mehr Geräusche erfüllten die Nachtluft ... Es waren die eigenartigen surrenden Geräusche aller Lebewesen von Yosemite. Der Wind fügte die Stimmen zusammen und mischte sie zu einer zeitlosen, wortlosen Melodie.

Diese Melodie schwoll an, wurde lauter und lauter, ohrenbetäubend laut ... Dann wurde sie auf einmal wieder leiser, immer leiser und erstarb.

„Was...was war das?", stammelte Philipp erstaunt.

So etwas hatte er noch nie zuvor gehört.

„Das Lied der Natur“, sagte Anne. „Das ist die Melodie, die John hört.“

„Oh, Wahnsinn!“, hauchte Philipp.

Nach einem langen Moment des Schweigens seufzte Anne. „Es wird Zeit zu gehen!“, sagte sie.

Philipp konnte noch gar nichts sagen.

Anne schnappte sich das Pennsylvania-Buch. Sie suchte das Bild von Pepper Hill und sagte: „Ich wünschte, wir wären dort!“

Wind kam auf.

Das Baumhaus fing an, sich zu drehen.

Es drehte sich schneller und immer schneller.

Dann war alles wieder still.

Totenstill.

Im Wald von Pepper Hill war es ruhig. Es war früher Abend. Während Anne und Philipp weg gewesen waren, war hier keine Zeit vergangen.

„Wir tragen wieder unsere eigenen Kleider", stellte Anne fest und griff in die Tasche ihres Kapuzenpullis. „Mist. Kein magischer Stift mehr!"

Philipp grinste. „Ja, es war super, damit zu zeichnen!"

„Fand ich auch!", sagte Anne. „Die Natur zu zeichnen hat bewirkt, dass ich viel aufmerksamer war und alle Dinge viel besser erkannt habe!"

„Auf jeden Fall!", bestätigte Philipp. „Vielleicht werde ich irgendwann mal Kunstunterricht im Yosemite-Tal nehmen." Er seufzte. „Diese Reise war ..." Er suchte nach Worten.

„Perfekt?", half Anne ihm aus.

„Perfekt!", stimmte Philipp ihr zu.

„Wir müssen los", drängte Anne. „Die Hälfte unserer vierzehn Minuten ist schon rum!"

„Na gut", sagte ihr Bruder und kletterte hinter Anne die Strickleiter hinunter.

Sie sprangen auf den Waldboden und liefen nach Hause.

In der kühlen Abendluft war ihnen der Wald von Pepper Hill so vertraut wie immer.

Und doch war es irgendwie anders. Der Wald erschien geheimnisvoller und lebendiger, fand Philipp. In der Dunkelheit hörte er Dinge, die er für gewöhnlich gar nicht wahrnahm: das Flüstern der namenlosen Bäume, das Umherhuschen unbekannter Wesen, die Rufe unsichtbarer Vögel …

„Ich hätte gerne so ein Fernglas wie Teddy“, sagte Philipp. „Damit ich Vögel beobachten kann!“

„Und wie wäre es mit einem Vergrößerungsglas wie dem von John?“, schlug Anne vor. „Um Steine zu untersuchen.“

„Genau, und ein Teleskop, um mehr über die Sterne zu erfahren!“, meinte Philipp.

„Und ein Buch über Bäume“, zählte Anne weiter auf. „Und natürlich ein Skizzenbuch, um sie zu zeichnen.“

„Auf jeden Fall“, pflichtete Philipp ihr bei. „Ich würde auch gerne Vogelstimmen nachmachen können!“

„Ein paar kann ich dir beibringen“, bot Anne ihm an.

„Danke. Und ich könnte dir erzählen, was ich über Sterne weiß“, schlug Philipp vor.

„Perfekt“, fand Anne.

Philipp und Anne gingen schneller und traten aus dem Wald von Pepper Hill. Hoch oben am purpurnen Nachthimmel schienen die funkelnden Sterne auf sie herab, als sie nach Hause rannten.

Mary Pope Osborne lernte schon als Kind viele Länder kennen. Mit ihrer Familie lebte sie in Österreich, Oklahoma, Florida und anderswo in Amerika. Nach ihrem Studium zog es sie wieder in die Ferne und sie reiste viele Monate durch Asien. Schließlich begann sie zu schreiben und ist damit außerordentlich erfolgreich.
Bis heute sind schon über hundert Bücher von Mary Pope Osborne erschienen. *Das magische Baumhaus* ist in den USA und in Deutschland eine der beliebtesten Kinderbuchreihen.

Petra Theissen, 1969 geboren, studierte nach dem Abitur Grafikdesign an der Fachhochschule in Münster. Seit Abschluss ihres Studiums ist sie als freie Werbe- und Kinderbuchillustratorin tätig und mag mit niemandem tauschen: Sie kann sich keinen schöneren Beruf vorstellen.

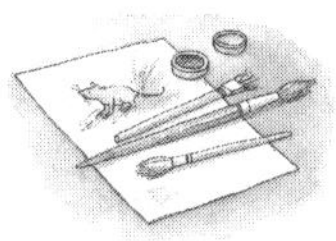